LE PATER NOSTER

Renuerſé

Par les Miniſtres de Caluin,
qui commancent,
à Malo.

AVEC

Les ſouſpirs & ſanglots entrecoupez en Quatrains,
d'vn Miniſtre de Caluin ſus les miſeres
de ſa rebellion.

M. DC. XXII.

LE PATER NOSTER
RENVERSE

Par les Ministres de Caluin, qui comman-
cent à malo.

'Eternel Pere Sainct, dont l'Es-
sance tripl'une
Regle & regit ce tout, pour tes
predestinez,
Qui des meschans mutins n'as
soin, ny cure aucune,
Sauue nous Eternel bien que
nous soyóns nez
A MALO.
Le monde nous maudit, vn chascun nous con-
damne :
Nous sommes des humains ; & la honte & l'horreur:
La terre nous fleitrit, le ciel mesme nous damne:
Les villes de seurté n'ont rien pour nous de seur:
SED LIBERA NOS.
Que n'osons nous Seigneur par nos intelli-
gences,
Par nos cris imposteurs, par nos pipeurs escrits?
Nous bouleuersons tout, nos desobeissances
Par leur malignité reduisent les esprits
IN TENTATIONEM.
Dans ces jours de mal-heur nous auons faict re-
naistre
Arrius, Eblon, Apelles, Valentin:

A 2

Non plus que ces Heros nous ne voulóns de maiſtre,
De Prince, de Seigneur, ny de Roy, que Caluin.

ET NE NOS INDVCAS.

Reformez nous formons toute noſtre doctrine
Au ſens de ceux, qui ont de ſang eſcrit ta loy,
Et dans le champ de Dreux planté la foy Diuine:
Ne leur rendray ie pas tout l'honneur que je doy.

DEBITORIBVS NOSTRIS?

Nous oſons bien fleſtrir ta bonté, ta puiſ-
ſance.
Nous gehennons ſous nos ſens ton extreme gran-
deur:
Fuir la ſubiection, & toute obediance,
Eſtre infidelle au Roy, c'eſt noſtre plus grane heur,

DIMITTIMVS.

On ne void plus Seigneur de ces faux Catho-
liques,
Qui jadis ſe mocquoient de noſtre paſsion:
On ne void plus çà bas de ces eſprits iniques,
Qui dans la France hardis braſſoient la diuiſion,

SICVT ET NOS.

Il ne nous chaut Seigneur de tous nos malefi-
ces,
Puis qu'on n'oſe punir ny nos dicts, ny nos faicts:
L'œuure ne ſert de rien, rien d'eſtre plein de vices,
Tu laues par ton ſang nos plus ſales forfaicts,

ET DEBITA NOSTRA.

A nous eſt deu Seigneur & le dire & le faire,

De leur throsne les ROYS par nos mains sont
demis.
L'esprit interieur nous dit ce qu'il faut faire:
Et quoy que nous faisions, tout est bon, & per-
mis

NOBIS.

Aprés que nous aurons mis tout sous nos ruines,
Renuersé l'Vniuers, & les voultes des cieux,
Troublé tous les esprits de nos loix libertines,
Nous sommes satisfaicts, disant à qui mieux mieux

DIMITTE.

Nos premieres erreurs, nos fureurs, nos ma-
nies,
Qui contre tous les ROYS vont tousiours estri-
uant
Renaissent de nouueau au jour de nos furies,
Mourantes dans la paix, ez troubles s'aui-
uant.

HODIE.

Or troublé les Royaumes, où ils ont mis le pied, de mille factions.

Donne nous Eternel, que nous trompions les
hommes:
Nous charmions les François par nos inuentions:
Que nous ne paroissions, jamais ce que nous sommes,
Et qu'on ne puisse pas juger nos intentions.

DA NOBIS

Troubler, trahir, tromper & seduire le monde,
Esleuer les subiects à l'encontre des Roys,
Bouleuerser pour rien, le ciel, la terre & l'onde,
Est le pain nourricier dont tu nous repaissois.

PANEM NOSTRVM QVOTIDIANVM.

tution de ses heresies : je suis venu mettre le glaive, non la paix.

Les Ministres idolatres deux mesme car l'heresie est vne pure ou impure idole de la Pret.ref, donnent plus d'autorité à leur esprit interieur, qu'au iugement vniuersel de l'Eglise.

11. Les Ministres pour s'exempter de la penitance seconde table de nostre naufrage, disent qu'il suffit de dire à Dieu Dimitte.

12. Les Ministres dans la corruption de leur Religion apres auoir blasphemé mille fois dans leurs liures contre la grandeur des Roys, & vomy mille iniures contre leur M. Sacrée se sont enfin rebellez contre eux,

13. Les Ministres qui n'ont remply leur Religion que d'inuentions humaines & trompeuses, ont voilé leur malice d'infinis faux-pre-textes.

14. Les Ministres ne se nourrissent que dãs les troubles & les confusions: d'ou Caluin mit à l'entrée du liure de l'Insti-

Nous n'aymons pas Seigneur ces Angeliques vies,
Qui traisnent vers le ciel toutes leurs Passions:
De viure en liberté sont toutes nos enuies,
Et qu'en plaisirs nos jours Reformez nous passions,

ET IN TERRA.

Esleuer contre Dieu montaigne sus montaigne,
Erreur dessus erreur contre le ciel forger,
Voire en armes tenir Rebelles la campaigne,
Et contre tous les Roys Demons nous reuolter,

SICVT IN COELO.

C'est nostre volonté: que ce soit donc la tienne,
Approuue nos complots, authorise nos maux,
Fleschis à nos souhaits, que rien ne nous contienne,
Regle tous nos desseins, & soit en nos trauaux.

VOLVNTAS TVA.

Dis seulement Seigneur, dis & laisse nous faire,
Car nous sommes hardis & puissans seducteurs:
Nous sçauons assez bien ton foudre contre-faire:
Dis seulement ce mot, dis à nos destructeurs,

FIAT.

Nous n'aymons pas les grands, nous rabattons leur gloire,
Caluin est l'ennemy de toute Royauté,
Le Sceptre est son seul but, il est à tous notoire;
Et non de faire viure en nostre loyauté,

REGNVM TVVM.

Que la Reformation sainctement adorée,
Sous les voiles trompeurs cachant sa vanité

Soit d'vn monde seduit dignement reuerée
Autant que fut jamais ta Saincte Deité:

ADVENIAT.

Que son nom, sa beauté, sa grandeur, sa merueille,
Qui surpasse des Saincts la force & le renom,
Et n'a dedans le Ciel de richesse pareille:
Qu'elle aille puissamment combattant ton Sainct
    nom

NOMEN TVVM.

Mais pour seduire mieux qu'elle porte la face,
D'vne Vierge pudique, , quoy qu'elle soit pu-
    tain:
Que la Sanctifiée elle se contreface:
Affin que pour tromper elle ne fasse en vain

LE SANCTIFICETVR.

Cloüé dedans le ciel, d'où tu ne peux descendre,
Laisse nous Eternel trauailler de nos mains:
Bien tost nous aurons mis tous ces cruels en cendre,
Regne au ciel, & que nous regnions sus les humains.

QVI ES IN COELIS.

Alors & non plustost que nous aurons victoire,
Que le peuple & les Roys nous aurons maistrisé
Alors, & non plustost nous chanterons ta gloire,
Te confessant tousiours tres-sainct & tres-prisé.

PATER NOSTER.

Ie crains que Mont-pillé dans sa ruine entraisne,
Vn Mont au vent perdu d'vn foudre canoné:
Ie crains de voir rouler la Tour de la Lanterne.
Et perir l'Euangile d'vn chascun condamné,

AMEN.

*de leur Reformation deschirée & diffa-
mée d'impietez, de sacrileges, de male-
fices & atheismes.*

21.
*Les Ministres enne-
mis du nõ de Iesus
condãnent l'hõneur
qu'on luy rend : &
ceux de Nerac ont
biffé de leurs armoi-
ries ce nõ sacré, pour
y mettre l'Idole du
Soleil.*

22.
*Les Ministres dans
leur Sãctificetur,
sõt couuerts de tou-
tes sorte d'ordure,
cõme ceste Idole de
Iupiter qu'on cou-
uroit de fiente.*

23.
*Les Ministres dans
leur impieté sont
allez à ce sacrilege
de clouer si fort Ie-
sus-Christ dans le
Ciel qu il n'en peut
sortir.*

24.
*Les Ministres mes-
prisõt tout ce qu'ils
ne mestrisent dans
leur orgueil.*

25.
*Les Ministres puis-
sans du Cerbere à
trois testes ne van-
tent, que Montpe-
lier, Montauban &
la Rochelle.*

SOVSPIRS ET SANGLOTS
entrecoupez en quatrains

D'vn Ministre de Caluin sur les miseres
de sa rebellion.

I.

Elas ! c'est faict, tout s'en
va en fumée,
Petits & grands à ce que
je peux voir,
De se sauuer ils n'ont plus
le pouuoir :
Personne plus ne nous craint ny redoute.

2

Nous auons bien d'vne façon altiere
Braué, mocqué, rempesté, contredit,
Mais las ! trop tost le ciel s'en est dedit,
Il nous abat d'vne estrange maniere.

3.

Nous voicy donc aux jours de la ruine

Aussi comment nous pourrions nous sauuer,
Et contre Dieu si long-temps estriuer?
Le vray François nous adtaque & nous mine.

4

En son ardeur la Noblesse nous blesse,
Le villageois brigandé nous maudit,
Et le Marchand tous nos meurtriers benit,
Chasque soldat veut vaincre pour la Messe.

5

Tout nous assaut & cerche nostre tombe,
Les Parlemens nous chargent de Bourreaux,
Les Mipartis s'en vont tous aux Bordeaux,
Et dans l'Enfer le reformé retombe.

6

Car pour Mäsfeld qui de nous ne le damne
Nostre Hollandois nous mesprise & nous nuit,
Le Geneuois pour nous ingrat ne vit,
Ce sot Anglois en meschans nous condamne.

7

Le Palatin est abbattu par terre:
Qu'attendons nous du Bearn souucrain,
Du Mirandez qui n'a de force en main?
Le cher Maurice à sus ces bras la guerre.

8.

Quoy de Sedan, que les cris d'vne goutte?
Mais de Soubife, ô fidelles riez,
Des beaux exploits qu'il fit dedans Riez,
Le Rohanois au combat n'entend goutte.

9.

Que deuiendra la pauure Pretenduë:
Car Chaftillon, la Trimoüille, & Duras,
Nous fuyent tous, Chafteau-neuf tombe à bas,
Pour Ixion ils embraffent la nuë.

10.

Sully, d'Orual couple de mauuais filant
Ayment bien mieux oyfifs viure en filence,
Ainfi qu'Achille, & leur Roy defferuant,
Viure fans cœur, pour noftre bien trop chiches.

11.

Les cercles vont de Prouince en Prouince,
Chafque Miniftre en efcrits fe confond,
Le Conciftoire en fes plaintes fe fond:
Le Pretendu ne peut aymer fon Prince.

12.

Pour bien portraire au vif noftre herefie,

11

On la deuroit peindre comme on la ſent:
Celuy lequel ſes griffes ne reſſent,
Ne peut penſer quelle eſt cette furie.

13.

C'eſt pour fonder vne grand' Republiqu
Que ces paſteurs n'ont peu ſuiure les Roys,
Moins s'obliger à leurs benignes loix,
En renuerſant tout l'Eſtat Monarchique.

14.

Il l'a preueu, l'incomparable Prince,
Le GRAND HENRY l'apprehendoit aſſez:
De ſon LOVYS il nous a menacez:
C'eſt ſon Oracl', qui nous preſſe & nous pince.

15.

Les Allemans voudroient tarir nos bources,
L'hardy Praſlin nous preſſe ſans repos,
Iuſqu'à ce que les chiens mangent nos os:
Par pômes d'or Schomberc tranche nos courſſes.

16

Mais de Themine en vendangeant ſe vange,
Et Baſſompierre valtolinant la paix,
Nous faict ſuer au bon-heur de ſes faicts,
Et de Vitry le courage nous range.

17.

Montmorancy, Berg , Vals , Valons terrasse,
.e Duc d'Elbœuf cerche vn autre Toncins:
our d'Espernon nous sommes moins que Nains,
:t la Valette espousant nous menasse.

18.

Qui de Ioinuil' ne redoute l'addresse?
Le Vandomois est si caut & si fin ,
Qu'en combattant il treuue nostre fin,
Le Niuernois ce lourd Malfet redresse.

19.

Braue Soissons dans tes presses guerrieres
Nous enchaisnant tu nous mettras à sec:
Puissant Guisard tu nous tiens en eschec,
Nous combattant des ombres des Galeres.

20.

Nostre Cæsar n'a besoin de Pompée,
Tes Galions de ton Brest nous deffont:
De Saulteron l'hardiesse nous confond
Nostre malice enfin sera trompée.

21.

Fronsac le Duc est mort pour ses vaillances,

Le Conneſtable en qui nous eſperions,
Nous a quittés : affin que nous quittions
Le vray ſubject de toutes nos ſouffrances.

22.

Gramond, Poyanne & Monteſpan & Chaune,
Crequi, Vignole, Briſſac & Luxembourg,
En Mareſchaux enclouëront nos bourgs,
Et nos citez conuertiront en chaumes.

23.

Qu'attendons nous de nos meſchans cõplices?
Qu'eſperons nous du Prince de Condé,
En noſtre hayne il eſt trop bien fondé :
S'il veut, c'eſt faict, mais il veut la Iuſtice.

24.

L'Egliſe auſſi nous anathematiſe,
Le juſte Roy en rebelles nous hayt,
Le monde entier combat noſtre forfait :
Comme peruers on nous criminaliſe.

25.

A Dieu vous dis, ô gentille aſſemblée,
Comme Demons, & comme reuoltez
Le ciel çà bas nous à precipitez :
De tous mal'heurs ſoyez vous toſt comblés.

26.

Si entre vous nul cerche la potance,
Si entre vous il se trouue quelqu'vn,
Qui vueille suiure leur President Lescun,
Qu'il vienne icy faire sa penitance.

27.

Nous n'auons plus d'espoir en nos miseres,
Fuyons meschans, cachons nous dans l'Enfer:
Nous sommes enfans du vieux siecle de fer,
Suyuons, suyuons les ombres de nos peres.

FIN.

www.ingramcontent.com/pod-product-compliance
Lightning Source LLC
LaVergne TN
LVHW051347200726
843510LV00002B/877